천년의 그리움

천년의 그리움

ⓒ 임병기 2025

초판 1 쇄   2025년 6월 5일

지은이   임병기

출판책임   박성규
편집주간   선우미정
기획이사   이지윤
디자인진행 박예은
편집   이수연·이동하·김혜민
디자인   조예진
마케팅   전병우
경영지원   나수정
제작관리   구법모
물류관리   엄철용

펴낸이   이정원
펴낸곳   도서출판 들녘
등록일자   1987년 12월 12일
등록번호   10-156
주소   경기도 파주시 회동길 198
전화   031-955-7374 (대표)
            031-955-7381 (편집)
팩스   031-955-7393
이메일   dulnyouk@dulnyouk.co.kr

ISBN   979-11-5925-942-5 (03810)

천년의 그리움

배우 임병기 사극 드라마 시집

그림같은세상

진짜 현장에 선 사람만이 쓸 수 있는 이야기

－김종선 (연출가, 〈태조 왕건〉·〈대조영〉·〈광개토대왕〉 감독)

저는 수십 년간 정통 사극을 연출하며 수많은 전쟁 장면
과 인물들을 카메라에 담아 왔습니다. '전문가'라고 자부하
면서요. 그러나 자타공인 사극 전문 배우로서 그 책임을 오
롯이 감당해 오신 임병기 선생의 시를 읽으면서 저는 또 다
른 방식의 '사극'을 만났습니다. 너무나 놀랐고 너무도 감동
했습니다.

이 시집은 무대 밖의 이야기이자, 촬영이 끝난 뒤에도 꺼
지지 않는 열정의 기록입니다. 〈태조 왕건〉, 〈대조영〉, 〈광
개토대왕〉… 이런 대작들이 완성되기까지 배우와 스태프
모두 얼마나 고된 시간을 견뎌야 했는지, 저는 누구보다 잘

압니다. 그 현장 한복판에서 몸으로 연기하며 살아 낸 임병기 선생이기에 가능한 시들이라고 생각합니다.

그의 시에는 연기의 기술이 아닌, 생생한 체험과 사람 냄새, 그리고 무엇보다 '진심'이 담겨 있습니다. 읽는 내내 제 머릿속에는 여러 장면이 주마등처럼 스쳐 지나갔고, 더불어 그 시절 함께했던 수많은 얼굴들과 마음들이 되살아났습니다. 가슴이 뜨거워졌습니다.

이 시집은 단지 한 개인의 회고가 아닙니다. 대한민국 정통 사극의 한 시대를 증언하는 귀한 기록입니다. 앞으로도 이런 정통 사극이 꾸준히 제작되어, 더 많은 사람에게 역사와 사람의 깊이를 전할 수 있기를 소망합니다.

삶과 연기의 경계에서 피어난 시

- 임동진(목사/배우)

배우는 때로, 자신이 연기한 인물보다 더 깊은 고뇌를 껴안고 살아갑니다.

임병기 아우님의 시를 읽으며, 저는 무대 위에서 우리가 얼마나 많은 영혼을 쏟아 냈는지, 그 진심이 어떻게 삶으로 이어졌는지를 다시 떠올렸습니다.

이 시집에는 배우로서의 치열한 삶이 녹아 있습니다. 칼날 위의 연기, 얼음 같은 전장의 밤, 그리고 때로는 위험을 무릅쓰며 생과 죽음의 문턱에서 느낀 인간의 숨결까지….
그것은 연기가 아니라 '삶'이었고, 믿음처럼 진실한 것이었습니다.

7

지금은 목회자의 길을 걷고 있지만, 저 역시 배우였기에 이 시들이 지닌 무게와 그 현장이 품고 있던 의미를 누구보다 깊이 공감할 수 있습니다. 또한 이 시집이 탄생하기까지 함께했던 수많은 배우들이 더욱 빛날 수 있도록 헌신해 준 스태프들, 그리고 매 순간 촬영을 허락해 준 자연에도 감사의 마음을 전합니다.

　이 시집은 단지 사극의 기록이 아닙니다. 이는 한 사람의 인생 고백이며, 세상 모든 '연기하는 존재들'에게 바치는 깊은 위로이자 응원입니다. 하나님께서 주신 생명과 재능을 다해 살아낸 삶, 그 진심을 담은 시들이 독자 여러분에게도 큰 울림이 되기를 진심으로 바랍니다.

한 편의 사극보다 더 뜨거운 시의 기록

- 최수종(배우)

오랜 시간 함께했던 사극 촬영 현장이 이토록 시가 될 수 있다니, 감동을 넘어 경외심마저 듭니다.

임병기 선배님은 누구보다 사극을 사랑했고, 그 사랑을 온몸으로 연기하며 살아온 분입니다. 전쟁터보다 뜨거웠던 촬영장의 한기와 고통, 때로는 죽음과 맞닿았던 생의 위기조차 그는 묵묵히 견디며 '역사의 사람'을 연기했습니다. 그리고 이제, 그 시간을 시로 풀어 내셨습니다.

이 시집은 단순한 배우의 기록이 아닙니다. 이는 한 사람의 인생이자, 무대 밖에서 울고 웃던 우리 모두의 이야기입니다. 대본이 아닌 심장으로 써 내려간, 연기의 순간들. 그 속에는 동료를 향한 우정, 감독을 향한 존경, 시대를 향한 진심이 고스란히 담겨 있습니다.

저 역시 배우로서, 그리고 동료로서 함께한 그 시간이 떠오릅니다. 문경의 바람, 싸늘한 군막 속에서 마주하던 눈빛들, 그리고 "컷!" 소리 속에 숨겨진 수많은 감정까지 말입니다.

선배님의 시를 읽으며 다시금 깨달았습니다. 우리가 연기했던 사극은 단순한 드라마가 아니었고, 그 안에 깃든 진심은 절대로 사라지지 않는다는 것을요.

이 시집이, 배우의 삶을 꿈꾸는 이들에게, 그리고 진정한 사극의 무게를 기억하는 이들에게 따뜻한 위로와 깊은 울림으로 다가가기를 바랍니다. 그리고 진심을 담은 정통 사극이 앞으로도 꾸준히 제작되기를, 그 전통이 면면히 이어지기를 바랍니다.

천
년
의
그
리
움

차례

2부 배우, 역사를 만나다

열정적 연출가 고 김재형 감독님을 회고하며

1964년 첫 사극 〈국토만리〉 연출에 이어, 〈한명회〉, 〈용의 눈물〉,
〈여인 천하〉, 〈왕의 여자〉, 〈왕과 나〉 등 40여 년간 250편의 드라마를
연출한 고 김재형 감독님. 존경하고 사랑합니다. 당신의 사랑은
바람이 되고 그 목소리는 기억이 되었습니다. 시간이 흘러도
계절이 바뀌어도 그리움은 깊어만 갑니다. 꿈속에서라도 다시 뵙길
바라오며 하늘을 올려다봅니다. 편히 쉬시옵소서!

사극의 계절을 살아온 이여,
역사의 바람 속에 춤추던 그대의 영혼
왕의 어휘, 백성의 속삭임을 품어
화면에 생명을 불어넣던 예술의 연금술사

눈빛 하나로 무대를 밝혔고
말 한마디로 세상을 흔들었으며,
숨결 같은 연출로
시간의 무게를 견뎌 냈던 당신,

배우들의 심장을 울리고,
그들에게 빛을 내리던 햇살이었으니,
이제 그 사랑은 영원히 남아
그대의 이름을 되새기리라

떠난 자리를 감출 수 없는 그리움,
허공에 흩어진 당신의 숨소리가
이 밤 우리의 가슴을 채우네

영전에 술 한 잔 올리며
조용히 읊조린다
사극의 왕, 역사의 연출가여,
당신의 꿈은 우리의 기억 속에서
영원히 숨 쉰다

서시_천년의 그리움

고구려, 백제, 신라, 부여, 가야. 5국 시대로 시작한 파란만장했던
한민족의 대서사시. 우리 민족의 역사에는 숱한 고통과 슬픔이
있었지만, 빛나는 영광의 순간과 아련한 그리움도 있다. 한민족의
고달팠던 역사의 여정을 시로 표현해 보았다.

먼 별빛 흐르던 그 날
고구려의 장엄한 깃발이 휘날리고
백제의 강물이 바다로 스며들던 시절
신라의 종소리는 산천에 울려 퍼졌다

낙동강 푸른 물결 따라
가야의 혼이 타올랐고
만주 들녘엔 부여의 말발굽이
끝없는 바람 속을 달렸다

그러나 저 멀리 검은 구름 일렁이면
나·당의 창칼이 삼국을 스쳤고
한때 찬란했던 왕성은
고요한 바람만을 남겼다

고려의 푸른 기와 아래
천년의 꿈을 새기었으나
부패한 손끝에서 무너져
새벽녘, 조선의 문이 열렸다

흘러가는 세월 속에
바다 건너 왜의 칼날이 닿고
서릿발 같은 겨울에도
우린 굳건히 벼랑을 지켰다

고난 속에서도 꺼지지 않는
우리의 빛, 우리의 숨결.
비바람이 몰아쳐도
결코 쓰러지지 않으리

역사의 먼지를 털고
지금도 이어지는 우리의 길
가슴 속 깊이 흐르는
한민족의 그리움이여!

1부

전쟁과 고난 속에서도 역사는 흘러간다

혼란의 창칼이 춤추면서

검붉은 피가 허공에 흩어진다

가상과 현실의 진솔한 해후를 위해

진정한 허구의 피로 쓰인

애잔한 메아리는

죽은 자의 역사와

산 자의 영광으로

아픔을 새겼도다

피 흘린 자의 영광이여!

피 묻은 역사의 고통이여!

모두의 이름으로 울고 있노라

문경 제1관문에서

저녁 무렵 시작된 성벽에서의 전투 신 촬영은 밤새도록 진행되었다.
치열한 전투와 처절한 연기.
스태프와 배우 모두에게 위험한 작업이었다.

성벽 위로 쏟아지던 함성
칼끝에 걸린 숨결은 얼어붙었고
피처럼 붉은 노을은 저 멀리 스러졌다
그날, 우리는 전사가 되어야 했다

창칼과 시체 사이를 뚫고 달리던 말발굽은
진실과 허구의 경계를 넘어
전장을 휘감은 먼지 속에서
인간의 꿈과 고뇌를 짓밟았다

한 걸음마다 무너져 내리던 몸들,

숨 가쁘게 내뱉는 고통의 순간 속에서도
우리는 역사의 그림자를 품고
천년의 영혼으로 절규해야 했다

이것이 배우의 운명인가
살아가는 것처럼 살아 내야 하는 삶,
전사가 되어 찢긴 마음을 품고도
누군가의 이야기를 새겨 넣는 삶,

문경의 성벽 아래,
넘어지는 말, 피 뿌리는 칼날,
갈기갈기 찢어진 몸과
망가진 의지 사이에서 나는 묻는다
'이렇게 살아가는 것이 옳은가?'
그러나 또다시 손에 쥔 칼을 보며
비로소 깨닫는다

배우란, 끝없는 전투 속에
진정한 자신을 찾는 이들이란 것을
우리의 고통은 이야기가 되고,

우리의 외침은 영원이 된다

그날의 문경은 뜨겁고 차가웠다
그러나 성벽 아래 쓰러진 자들은
역사가 아닌 사람으로 기억될 것이다

이렇게 배우는 살아간다
고된 전장에서, 자신이 아닌 모두를 품고
빛이 스치는 그 순간까지
우리는 싸우고, 숨을 쉰다

겨울, 군막 안에서

촬영장 근처에 임시로 설치해 놓은 군막은 다음 신(scene)을 찍기
위해 준비 작업을 하는 곳이다. 여기서는 주로 분장, 의상, 소품 등을
점검하고 재정비하며, 상대역과의 대사를 체크하는 등 연기의 합을
맞추기도 한다. 한겨울에는 출연진이 몸을 녹이면서 다음 촬영을
완벽하게 준비할 수 있게 해 주는 매우 중요한 공간이다.

하얀 숨결이 나래를 펴던 날
전쟁터의 벌판은 얼어붙은 심장 같았다
한 줌의 따스함도 허락하지 않는
대지 위에
우리의 몸은 시간을 새겼다

군막 안, 겨울이 잠시 멈추던 곳
분장사의 붓이 얼굴 위에
흙먼지를 덧칠할 때

의상 속 차디찬 체온을 깨우며
나는 검을 손에 쥔 채
한숨을 삼켰다

우리는 누구를 위해 싸우는가
무엇을 위해 숨을 몰아쉬는가
저 차가운 바람 속에 흩어진
우리의 이야기는 어디로 가는가

군막 밖에서 울리는 북소리는
다시금 우리의 발걸음을 재촉하지만
이 순간만큼은 나 자신이 아닌
시간 속의 한 사람으로 남고 싶었다

겨울의 전쟁은 비극으로 타오르지만
눈꽃처럼 스러지는 것도
우리네 운명
싸움터는 차갑고 마음은 착잡해도
별빛 아래, 우리는 여전히 살아가고 있다
한순간 멈추어 쉼을 허락한 군막 속

나는 비로소 깨달았다

이 전쟁은 삶을 연기하는 또 다른 무대
그리고 나는 그 속의 작은 존재라는 것을
춥고도 길었던 그 겨울날,
군막 안에서 우리는 잠시 사람으로 머물렀다

전장의 공포, 가면 속의 진실

KBS 〈태조 왕건〉은 특히 전쟁 신이 많은 드라마였다. 그만큼 부상과 사고도 속출했다. 말이 죽기도 했고 스턴트맨이 다치기도 했다. 이 시는 고려와 후백제 간에 벌어졌던 격렬했던 전투 장면 중 하나를 추억한 것이다.

칼날이 부딪치고,
함성이 울릴 때
나는 왕의 군사이자 적의 그림자
땀방울이 칼날로 흐르고,
핏빛 조명이 내 얼굴을 물들인다

한 발짝 내디딜 때마다
진짜 전사의 심장이 뛴다
가면을 썼건만, 내 심장은 떨리고

허공을 가르는 칼끝의 무게도 느껴진다

전쟁은 연기라 말하지만
이 한순간은 현실 같다
휘둘러진 칼에 묻어나는 핏빛 외마디,
쓰러지는 동료의 외침,
그 모든 것이 내 귀에 새겨진다

그러나 문득,
"컷!"이라는 소리가 울리면
나는 다시 배우로 돌아온다
갑옷을 벗고 피범벅 된 얼굴을 닦으면,
전장의 공포는 또다시 가상 속에 묻힌다

그러나 나는 안다
이 감정은 단순한 연기가 아님을,
역사 속 그들의 고통과 영광을
내 몸에 새기고 있음을

오늘도 나는 전사로 서서

전쟁터의 춤을 춘다
무대가 전장이 되고,
심장이 진실이 되는 순간을 위하여

고산준령의 혈투

KBS 〈태조 왕건〉 중 지형이 험난한 문경의 산속 비탈길에서 고려와
후백제가 치열한 전투를 치르는 장면이 있다.
이 시는 스태프와 배우 모두에게 극한의 어려움을 안겨 주었던
당시의 상황을 소환하여 엮은 것이다.

눈 내리는 비탈길
그곳에 역사가 흘렀노라
핏빛 바람이 몰아치고
구름 아래 군사들의 숨결이 얼어붙을 때
산천은 그들의 아픔을 품었도다

칼과 방패로 엮어진 운명
후백제와 고려의 깃발은
하늘을 찢듯 날렸으나
땅 위에는 스러진 이들의 이름만 남았네

비에 젖은 산길 위로
발자국마다 고통이 새겨지고
눈밭 속에 숨진 자들의 목소리는
아직도 산허리에 메아리로 남았도다

대왕이시여,
무엇을 얻으려 그리 서두르셨는가?
승리는 산 자에겐 영광이나
죽은 자에겐 한 줌 흙일 뿐,
그들의 고통은 누구의 기억에 남는가?

고난의 행군,
한 줄기 길처럼 이어져
산과 강을 넘나들며 역사를 쓰지만
그 역사는 결국
피와 슬픔으로 덮인 서사
눈 내리는 비탈길에서
그대들은 묻히었도다
그대들의 혼은 바람이 되고
그대들의 이름은 잊힐지라도

이 땅은 그 고통을 기억하리라

영광이여, 전쟁의 신이여
그대들은 가만히 들으라
이 나라의 산천은
피 흘린 자들의 이름으로 울고 있노라

핏빛 대지의 진실

KBS 대하사극 〈태조 왕건〉에서 등장한 고려와 후백제의 전쟁 신 중
견훤(서인석 분)의 목에 불화살이 꽂히는 장면이 있다. 촬영 현장은
아찔한 긴장감으로 가득 찼지만, 서인석 배우는 내색 없이 그 신을
끝까지 마무리했다. 이후 그는 오랜 시간 치료를 받으며 회복에
전념해야 했다. 서인석 배우의 용기와 강단에 깊은 경의를 표하며,
당시의 급박했던 상황을 시로 표현해 보았다.

전장은 현실이었다
고려와 후백제의 운명을 건 싸움
왕건과 견훤의 칼끝이
서로를 겨누는 순간
그리고 그 한가운데에서
피와 흙이 뒤섞이며
역사가 만들어졌다

견훤은 말을 타고 전진했다

그 순간, 불화살 하나가
포물선을 그리며 날아왔다
목 언저리에 깊숙이 박힌 화살은
뜨거운 고통으로
그의 숨을 멎게 했다
그러나 그는 쓰러지지 않았다
화살을 움켜쥔 손에서
떨리는 힘줄이 살아 있음을 증명했다
"끝까지 간다"
그는 피를 삼키며 외쳤다

견훤은 불화살을 뽑아내고
간신히 장면을 마무리했다
그의 얼굴은 땀과 피로 범벅이 되고
고통은 그 뒤 오랫동안 그를 붙들었다
병상에 누워 있던 그는
"그 장면을 지켜야 했다"며
묵묵히 고통을 견디었다
그 전장은 연기가 아니라
삶과 죽음의 경계였다

오늘 우리가 보는 장면 뒤에는
땀과 눈물, 그리고 피가 있었다
그 순간,
고려와 후백제의 전투는
단지 역사 속 이야기가 아니라
현실 속에서 재현된 진실이었다

불꽃이 삼킨 대지

KBS 대하사극 〈태조 왕건〉은 후반으로 갈수록 유독 전쟁 신이 많아졌는데, 그중 왕건과 견훤의 치열한 전투가 여전히 기억에 생생하다. 그 상황이 얼마나 처절했는지 스태프도 배우도 전쟁의 아픔을 실제처럼 경험할 수 있었다.

밤하늘은 붉게 물들었다
후백제와 고려의 깃발이
검은 연기 속에서 찢어지고
피에 젖어 흙바닥에 떨어졌다

칼과 창이 부딪치는 소리
말발굽 아래 깔리는 비명
숨결조차 적막에 묻혀 가는 그곳에서
왕건과 견훤
살아남기 위해 싸웠다

견훤의 눈에는 불꽃이 일었다
그의 팔은 불화살처럼 날아오르며
생사의 경계를 가르는 칼날을 휘둘렀다
왕건 역시 그의 심장은
바위처럼 굳었으나
그 안에서는 폭풍이 일었다

죽어가는 병사들
부서진 갑옷 속에서
뜨겁게 뿜어져 나오는 마지막 숨결이
그를 짓눌렀다
말들은 두려움에 눈을 번뜩이며 쓰러졌다
고삐를 잡은 손들이
피로 얼룩졌고
전장의 대지는 붉게 물들어 갔다
견훤은 고개를 들었다
눈물을 삼킨 견훤의 목소리가 들린다
"나는 이 대지를 떠나지 않는다"
그 외침이 바람을 가르고
왕건도 말 위에서 소리친다

"나는 이 대지를 결코 떠나지 않는다"

전장은 침묵했다
쓰러진 병사들 위로
달빛이 내려앉았다
그 밤,
피와 불로 그려진 역사의 한 조각이
서서히 차갑게 식어 갔다

그러나 대지는 기억한다
부서진 칼끝, 불타던 깃발,
그리고 두 사내가 나눈
치열한 생사의 숨소리를
그것이 오늘의 우리를
일으켜 세운다는 것을…

야간촬영의 서곡

야간촬영, 그중에서도 특히 전쟁 신이 포함되는 야간촬영은
스태프나 배우, 모두에게 고통스러운 시간이다. 카메라, 조명, 음향,
연출을 담당하는 스태프와 미용, 분장, 의상은 물론 소품 하나까지
꼼꼼히 챙겨야 하는 배우들에게 야간촬영은 자못 두렵기까지 하다.

추운 겨울
어두워 오는 전쟁의 밤은 시작되었다
진실과 허구의 가면 뒤에서
진솔한 역사의 이야기를 만들어 간다

장군은 갑옷을 입고
궁녀들은 가채와 의상을 차려입고
왕은 황금빛 곤룡포에 가려져 있다

짙은 주황의 횃불 속에

군사들의 창칼은 빛났으며
또한 수십 수백의 가면 위에 분칠하며
우리들의 삶이 역사로 진화되어 가는 것을
심장 속에 기억한다

배우가 그리워하는 건
가상의 현실에서 만들어 나가는
이야기 속 존재감
그 존재감 또한
과거의 역사에서 현실로 이동하고 있다
역사의 진실 속에
현실과 허구의 경계를 넘나들면서…

역사 속의 배우는
전설 속에 묻어나는
휘둘려진 칼날의 핏빛 외마디를
에코로 믹싱해
산속 메아리로 함께 띄운다

성곽 위에서

성곽 위 전투 신 촬영은 항상 고생스럽고 위험하다. 모든 스태프와
수백 명의 보조출연자와 배우가 함께 고생했던
성곽 위 전투를 회상해 본다.

불화살이 투구 위를 스친다
성벽을 기어오르는
어둠 속의 전사들
그들의 함성!

거대한 성문이 부서지고
창과 칼이 부딪치는 소리
찢어질 듯한 비명
폐부를 찌르는 말들의 울음소리

극한의 고통과 함께

예리한 칼끝이 허공을 가른다
검붉은 피가 조명 속에 빛나면서
수백 년 역사의 고통을
가슴에 새긴다

배우들의 가면 뒤로 펼쳐지는
아픈 역사를
허구의 백색 위에 그려야 하는
슬픈 이야기들이
천 년 역사의 전사가 되어
신들린 듯 돌아가는
카메라에 휘감기고 있다

프레임에 각인되는 영혼의 피사체는
우리가 추구하는 현실로 이동하고 있다
역사의 숨 가쁜 그리움을 연기하는 배우 또한
갈증 나는 역사의 진실을
하얀 조명 속으로
폭포처럼 토해낸다
그리고

배우의 영혼마저

영원히 영상 속에 기억될 것이다

배우의 길

밤새 말 위에서 전투 신을 찍고 나서 보니 갑옷 위로 하얗게 소금이
배어 나와 있었다. 힘겨운 촬영이 끝난 후 새삼 삶의 의미를 생각해
보았다. '배우의 길이란 이런 것인가?'라는 소회와 함께 고단한
심정을 시로 표현해 보았다.

지친 몸으로 새벽을 만난다
카메라가 멎은 황량한 들판을
초점 잃은 눈으로 바라본다
밤사이,
파도 같은 역사의 울렁임 속에
피 묻은 시신들이
들판에 뒹굴고 있다
누가 누구를 위해 싸웠는가
전쟁터의 들판에 새겨진
역사의 파편들이

허구의 경계 속으로 흩뿌려진다

망가진 의식 속에서
현실의 꿈은 무엇이고
또한,
소망은 무엇이었는가

배우의 길을 가기 위해
고난의 겨울이 와도
조명 속에 그려지는
환상의 프레임을 가슴에 새기면서
열심히 살아오지 않았던가

인고의 세월을
흔적만으로 남게 하고 싶지 않아서
먼 길을 걷지 않았던가
아직도 남은 길이
먼 길일지라도
나는
그 길을 걸어간다

끝없이

걸어갈 것이다

#43
텅 빈 어느 곳간

빈 곳간의 달빛

피 묻은 칼 아래
빈 곳간 휘어잡고
울부짖는 어미와
어린 남매
먼 산을 보고
있는 아비의
허망한 표정.

텅 빈 곳간에 달빛이 스며들 때
아버지의 한숨이
벼이삭처럼 떨린다
젖은 쌀독을 어루만지는 손

어린 남매의 눈망울이
우물처럼 깊다

칼과 깃발이 바람에 춤출 때
빈 곳간엔 바람만이 스친다
아버진 왕의 군량이 되고
어머니는 뜨거운 눈물로 배를
달랜다

	#44 **시신들이 묻혀** **있는 어느 들판**	끝없는 전쟁, 끝없는 눈물
	전장에서 죽어간 자식들의 묘비 앞에 통곡하는 어미… 아비의 절규!	왕의 말발굽이 강을 넘을 때 우리 자식들은 피로 물든 흙이 되었다 영토는 넓어졌다고 하나 우리 품은 텅 비었다 이름 새길 비석조차 허락되지 않아 산자락 바람 속에 묻어야 했다 "네가 지킨 나라가 이 어미를 지켜 주었느냐?" 울부짖어도 대답 없는 차가운 흙 승전의 나팔이 성에 울리건만 우리의 밤엔 통곡뿐이다

왕조에 가려진 백성들의 아픔

백성들은 항상 행복해야 한다. 정권에 따라 휘둘리는 백성들의
아픔을 왕은 알고 있을까? 백성들의 평안과 복된 삶을 위해 밤을
밝히는 위대한 왕은 과연 존재할까?

몰아치는 세월 속의
찬란했던 왕조는
칼끝과 방패가 뿜어내는
고난의 역사 속으로
모래바람과 함께
처절한 핏빛 속으로 사라져 갔다

또 다른 바람에 실려 온
도도한 물결은
새로운 왕조의
장엄한 아침을 맞았고

백성들의 아픔은
왕의 칼에 가려졌다
또다시 산을 넘고, 들판을 달리는 왕의 그림자
아 –
"승리는 무엇이고
새 땅은 또 무엇이란 말이옵니까?"
"전란 속에 스러져 간
백성들의 영혼은
누가 안아 줄 것이옵니까?"

백성들을 위한 사랑과
또 사랑이 섞인
왕의 눈물은 없는 것일까?
왕의 영혼이시여!
한민족의 슬픔이여!

공주의 사랑

검은 그림자가
궁궐 담을 넘는다
적막한 밤의 어둠 속
공주의 비단 옷자락이
담 위에 걸친다
무심한 달빛 속으로 사라지는
자유로운 영혼

빛이 닿지 않는 곳의 역사는
어디에 숨었는가
빛바랜 세월 속에 묻혀 버린
태고의 사랑

'함께'라는 아름다운 단어를
심장 속에 새기면서

세상 속으로 뛰어든 두 남녀

아- 평화로운 하늘이여!
깊은 산속 화전,
밭고랑 사이에서
숭고한 생명들이 움직이고 있다

밭을 가는 두 남녀와
그 곁에 뒹굴고 있는 두 아이

한 시대의 아픔과
또 다른 시간의 역사 속에서
행복한 세월의 강물은
도도히 흐를 것이다

동이 틀 무렵,
새벽 달빛 내려앉은
사랑의 움막 앞
북향재배의 두 그림자가 있었다

고분의 침묵, 역사의 경고

경주 신라 고분에서 '대왕의 꿈' 촬영 당시 배우와 스태프들의
정숙하지 못한 행위로 인해 크고 작은 사고들이 있었다. 그 후
떡시루에 술 한잔 올리며 잘못을 뉘우치고 사죄하였다. 이 시는
그때의 상황과 심정을 경건한 마음으로 반추한 것이다.

고요한 밤, 능의 그림자 아래
우리는 웃음과 술잔으로
역사의 숨결을 잊었노라
담배 연기와 무심한 농(弄)들이
천년의 시간을 가볍게 흔들었으나
능은 아무 말 없이 그 침묵을 지켰도다

다음 날 아침,
비명처럼 휘청이는 버스는
운명을 뒤집어 놓았고

한 생명이 사라지며
우리의 방종을 꾸짖었도다

분장사의 붓은 멈추고
삶과 죽음의 경계 위에서
우리는 깨달았노라
천년을 품은 땅에 발을 들일 때
경외심을 잊은 대가는
무겁고 깊다는 것을,

그제야 우리는
제단을 차리고 음식을 올리며
눈물로 용서를 빌었노라
한 손은 떨리는 마음으로 절을 하며
또 한 손은 꺼져가는 촛불을 지켰도다

"죄송합니다"
이 한마디가
과거의 시간에 닿을 수 있을까?
능의 침묵은 여전히 깊었으나

우리는 스스로의 잘못을
그곳에 남기고 돌아섰도다

고분이여, 역사의 지킴이여,
우리의 발걸음은 가볍지 못하리
그날의 경고는
마음에 새겨졌으니
이제 우리 다시는
시간을, 공간을, 가볍게 지나치지 않으리라

한민족의 노래

바람이 불었다,
고조선의 옛 들판 위로
대륙을 울린 북소리,
붉은 해가 솟던 날들의 기억

강이 흐른다,
백두의 눈 덮인 품에서
한강을 타고 내려온 우리의 숨결,
고난도, 영광도 함께 실어 나르며

칼날 같은 세월 속에서도
우리는 꺾이지 않았다
고구려의 기개로 맞서고
신라의 노래로 버티며
백제의 꽃으로 피어났다

검은 그림자가 덮쳐 와도
우리의 혼은 꺼지지 않았다
왜의 파도가 휩쓸어도,
외세의 발굽이 짓밟아도
다시 일어나 태극을 그렸다

한줄기 빛이 스며들 때
우리의 노래는 더 높이 울렸고,
마침내, 자유의 함성이
한반도를 감쌌다

오늘도 우리는 걷는다,
수천 년을 이어온 발자국을 따라
내일을 향해,
또 다른 역사를 써 내려가며

우리 한민족,
그 누구도 꺾을 수 없는
영원의 불꽃처럼

2부

배우, 역사를 만나다

흙먼지 가득한 대본 속엔

천년 역사의 숨소리가 살아 있었고

무수한 땀과 고통이

피로 변해 가는 현실의 허구 속엔

역사의 영혼들이

새로운 생명의 이야기로 기억될 것이다

빛과 그림자의 순례자, 임동진

50여 년 전, 동양방송 입사 시절부터 형님으로 모신 그는 내 인생의
멘토였다. 오랫동안 배우와 목회자를 겸직하며 파란만장한 삶을
살았던 분이다. 병마와 싸우면서도 목회 생활과 배우를 병행한,
자신만의 길을 묵묵히 걸어온 임동진 배우님을 생각하며 존경의
마음을 담아 시 한 편을 올린다.

그는 무대에서 시작했다
불빛 아래,
수많은 얼굴을 비추며
한 시대의 희로애락을 연기했다
관객의 숨소리와 박수 속에서
그는 살아 있었다

그러나 그의 삶은 단지 연기가 아니었다
병마의 칼날이 그의 몸을 스쳤을 때

그는 무너지지 않았다
배우로서의 용기와
목사로서의 신념이
그를 다시 일으켜 세웠다

무대의 대사가 끝난 후에도
그의 목소리는 멈추지 않았다
성경을 품고,
눈물과 기도로 채운 그의 하루는
삶과 연기의 경계를 지웠다
배우 임동진,
목사 임동진,
그는 두 개의 이름으로
한 길을 걸었다

병마는 그의 숨을 조였고
그의 몸을 흔들었으나
그의 믿음은 흔들리지 않았다
그는 아픔을 연기로 승화했고
희망을 설교로 전했다

무대와 강단 사이를 오가며
그는 빛과 그림자를 동시에 품었다

그의 일생은 한 편의 드라마였다
주연도, 조연도,
선도 악도,
모두 그의 연기였고 그의 삶이었다
세상의 박수와
하늘의 은총이
그를 지켜 주었으니

임동진,
그의 이름은 빛과 어둠을 넘어
믿음과 예술의 상징이 되었다
병마와 싸우는 동안에도
그는 멈추지 않았고
무대 위에서, 강단 위에서,
그의 숨결은 여전히 살아 있다

그의 걸음은 묵묵했으나

그 발자국은 깊고 선명하다
연기의 세계와 신앙의 세계를
잇는 다리가 되었으니
그는 한 시대의 순례자였다

억울함의 칼날 위에서, 김득배를 입다

KBS 대하사극 〈개국〉의 고려 문신 김득배는 기철을 숙청한 공으로
도지휘사가 되어 안우, 이방실 등과 분전 끝에 서경을 탈환했다.
그 후 안주에서 대패하자 최영, 이성계 등과 20만 대군을 이끌고
적의 괴수 사유 관선생을 비롯하여 10만여 명을 사살하는 전과를
올렸다. 하지만 누명을 쓰고 숨어 살다 체포되어 처형되었다. 공민왕
4년, 누명은 벗겨졌으나 그의 일생은 가히 파란만장의 연속이라 할
만했다. 이 시는 김득배로 분장했던 나의 심경을 표현한 것이다.

나는 김득배가 되어 섰다
서북면의 흙바람 속에서
왜적의 칼끝을 막아 내던 그날
내 심장은 나라를 위해 뛰었다
승리의 함성이 내 이름을 울렸고
내 검은 정의의 상징이었다

그러나, 역사는 내게 다른 칼을 들이밀었다

기철을 숙청한 내 손이 곧 나를 옭아맸고
충성의 증표는 누명의 족쇄로 변했다
억울함은 말이 없었고
침묵은 나를 배반했다

숨어 지내던 날들
나는 매일 밤 가슴에 묻힌 진실을
꼭 쥐고 울었다
벼랑 끝에서 바라본 세상은
더는 내 것이 아니었으니

체포되어 끌려가던 그 길
나는 무력한 영웅이었고
역사의 무대에서 잘려 나간
낡은 대본 한 조각이었다
내 처형의 날,
칼날이 내 목숨을 끊었으나
내 이름을 묻지는 못했다

배우로서 나는

김득배의 그림자를 살았다
그의 영광과 오욕을
내 숨결에 새겼다
왜적과 싸우던 그 칼끝의 떨림을
억울함으로 맞이한 그 최후의 눈빛을
내 연기로 불태웠다

나는 느꼈다
그가 지녔던 충성과 고뇌
그가 감내했던 무게는
한 사람의 몫이 아니었음을
누명이 벗겨지고 그의 자식들이
다시 이름을 되찾았다는 소식조차
그의 억울함을 온전히 씻지는 못했다

김득배로 살아가는 동안
나는 그의 정의와 억울함 속에서
인간의 나약함과 강함을 보았다
그가 남긴 길 위에서
나는 배우로서 질문을 던졌다

"진실이란 무엇인가?"
"정의는 언제, 누구에게서 완성되는가"

역사는 침묵할지라도
무대 위에서 그의 이름은 빛났다
나는 그를 다시 살며
그의 억울함과 빛나는 정의를
내 심장에 새겼다

김득배는 떠났으나
나는 그를 기억하며 서 있다
한 영웅의 이름을
그리고 그의 흔적을…

그늘에서 피어난 꽃

유자광은 예종 때, 남이 장군을 모함했고, 연산 때 무오사화를
일으켰던 장본인이다. 항상 논쟁적인 위치에 있었던, 그리고 권력에
집착했던 풍운아 유자광에게는 서자라는 아픔이 있었다. 이 시는
KBS 대하사극 〈왕과 비〉에서 유자광 역을 맡아 광양 유배지에서
사망하기까지 그의 일생을 연기했던 그때 그 감정을 노래한 것이다.

나는 그늘에서 태어났노라
햇살이 닿지 않는 곳
이름 없는 자리에서 시작된 삶
그러나 피어나야 했노라,
꽃은 그늘 속에서도 꽃이기에.
서자로 불리었으나
내 마음은 백 번 다짐하였도다
아버지의 등에 기댄 채
어머니의 눈물을 가슴에 새긴 채

효도를 다 하리라 맹세했거늘
조정에 섰을 때도,
칼날 같은 눈초리 속에서
나는 말을 삼키고 또 삼키며
내 몫을 다 하고자 했노라
그러나 내 발걸음은 늘
칼끝 위를 딛는 것 같았도다
이름과 신분, 피할 수 없는 굴레,
논쟁의 중심에 선 내 모습은
곧 바람에 흔들리는 나무였으니
으뜸가는 공신이라 불릴 때도
내 안의 그늘은 여전하였도다
나는 사람의 뜻을 좇았으나
역사의 뜻은 멀리 있었도다
간악한 소인이라 손가락질받을 때
내 속엔 차마 이루지 못한
한 남정네의 아픔이 고여 있었노라
그대여,
세월이 흐른 후
누군가 나를 기억하거든

내 그림자를 기억하라

빛이 없는 곳에서도

피어나고자 몸부림쳤던

한 남자의 이야기를…

역사의 파도 속, 박은의 그림자

KBS 대하사극 〈용의 눈물〉 태종 조의 재상 박은 역. 태종의 명을
받아 심온을 죽이는 데 앞장섰다. 임종 무렵, 세종이 어의를 보내려
하자 심온의 딸 소헌왕후는 극구 반대했다. 그러나 기어이 어의를
보내 준 왕의 도량에 감복한 박은은 사은숙배(謝恩肅拜, 예전에
임금의 은혜에 감사하며 공손하고 경건하게 절을 올리던 일)를 올리다가
사망한다. 왕명을 거역할 수 없었던 박은의 복잡한 심경을 시로
표현해 보았다.

나는 왕의 뜻을 따랐다
칼끝에 새겨진 명분과 권력
심온의 숨결을 거두며
나의 이름을 새겼다
충성과 역모의 경계에서
무엇이 옳은지 묻지 못한 채

그리하여 나는 왕의 손이 되었고

그 손에 피를 묻혔다
그러나 그 피가
나의 가슴을 적실 줄은 몰랐다
밤이면 들리는 심온의 목소리
그 무게는 내 몸을 점점 짓눌렀다

죽음이 가까워지니
내 앞에 왕의 은혜가 놓였다
심온의 딸이 막아선 그 약첩,
그러나 왕은 끝내 내게 자비를 보냈다
내가 죽음 앞에서도
그의 도량에 머리를 숙였던 것은
부끄러움 때문이었을까
감사 때문이었을까

사은숙배를 올리며
나는 내 죄와 삶을 되돌아본다
심온의 눈물이, 소헌왕후의 분노가
내 심장을 찔러도
왕의 이름 아래

나의 그림자는 여전히 남아 있더라

배우로서, 나는 그를 빌려
다른 생을 살았다
심온을 죽이고
그 약 앞에 무릎을 꿇으며
죽음에서조차 왕을 섬겼던
박은의 찢어진 마음을 껴안았다

그러나 동시에
나는 묻는다
그에게는 선택지가 없었는가
혹은 나의 연기로
그의 선택을 다시 쓰는 것은
무엇을 남기려는 욕심인가

박은의 무거운 숨결을 지나
나는 배우로서의 내 심정을
무대 위에서 비워 낸다

무너진 꿈의 잔해 위에서

KBS 대하사극 〈태조 왕건〉 신덕 장군 역. 신덕 장군은 후백제에서
견훤을 쫓아낸 쿠데타의 주범이다. 신검을 왕으로 추대하기
위해 고려와 치열한 전쟁을 치렀으나 고려에 패한 후 '나라를
망친 놈들'이라는 죄명으로 처형을 당한다. 신검과 함께 후백제
건설이라는 큰 꿈을 가졌던 신덕 장군의 포부와 비통함을 시로
표현해 보았다.

나는 후백제의 깃발을 들었다
역사의 파도 속
견훤의 왕좌를 뒤흔들며
새로운 나라를 꿈꾸었다
하지만 그 꿈은
칼끝에 흩어진 모래알 같았다

내 손으로 일군 혁명의 불꽃이
바람에 꺼질 줄 누가 알았으랴

권력은 나의 것이었으나
나라의 주인은 결국 역사가 되었다
신검 뒤에 숨어
적을 기다리던 그날
나는 이미 패배를 알았다

'나라를 망친 자'
목에 걸린 죄목은
내 심장을 찢어 놓았으나
그렇다고 그것이 거짓이라 할 수 있을까?
나는 대의를 믿었다
그러나 내 대의는
무너진 꿈 위에서
허공을 붙잡고 있었다

배우로서 나는
신덕의 꺾인 자존심을 걸쳤다
눈 속 깊이 새겨진
결단과 비통함
역사의 손아귀에 짓눌린

한 인간의 운명을 끌어안았다

그러나 그의 절규 속에서
나는 내 목소리를 찾는다
나 또한 실패의 고통을 알기에
나 또한 꿈을 잃어 본 자이기에
나는 신덕의 심정을 담아
그를 연기하지 않았다
나는 그가 되었다

꿈이 사라진 자의 마지막 외침이
나는 단지 무대 위에서 울리는 메아리가 아니라
우리 모두의 서글픈 운명이기를 바란다
그렇게 신덕의 망한 꿈속에서
나는 다시 한번 배우로서의 나를 새긴다

황제의 손길, 전장의 고름

SBS 대하사극 〈연개소문〉의 당나라 이사마 장군 역. 안시성에서 고구려와 치열한 전투를 치른 이사마 장군은 그때 입은 부상으로 사망한다. 죽음 앞에 선 그가 너무도 안타까웠던 당 태종은 직접 입으로 상처의 고름을 빨아 주기까지 했지만, 이사마는 끝내 숨을 거둔다. 이사마 장군의 용맹성과 애환을 연기한 배우로서 그때 그 심정을 시로 적어 보았다.

칼끝이 하늘을 가르며
나는 당나라 장군이 되었다
안시성의 돌벽 위에서
피와 땀이 뒤섞이는 전장을 지나
나의 이름은 날카로운 칼이 되어
대륙에 울려 퍼졌다

그러나, 승리는 나를 비켜 갔다
안시성의 높은 벽은

나의 용맹마저 삼켜 버렸고
내 몸에 새겨진 상처는
더는 명예가 아닌 고통이 되었다

황제께서 친히 내 고름을 빨아 대던 날
나는 알았다
그 손길은 은혜였으나
이미 나의 운명이 꺾였음을
내 피를 걷어 낸 손으로
황제는 무엇을 남겼는가
장군의 혼이냐
아니면 패배의 유산이냐

죽음을 앞둔 이사마로서
나는 전장의 불꽃이 꺼져 가는 것을 느꼈다
내 칼은 더 이상 울리지 않았고
내 이름도 언젠가
바람 속에 잊힐 것을 알았다
배우로서 그의 고통을 입었다
상처와 고름, 전장의 흙냄새를

내 마음에 새기며

황제의 손길을 느꼈다

그 손끝에 담긴 애정과 무력함을

나 또한 품어야 했다

그러나 나는 그를 단지 불쌍히 여기지 않았다

이사마의 마지막 눈빛은

패배 속에서도 빛났다

그의 용맹은 사라지지 않았으며

그가 남긴 고름조차

역사의 한 장면으로 살아 있었다

그렇게, 나는 전쟁의 울림을

그의 부러진 칼을 내 손에 들어

무대 위에서

또 다른 전쟁을 시작했다

의리와 운명의 경계에서

KBS 대하사극 〈장녹수〉의 등장인물 중 하나인 신수근은 연산군의
처남이다. 그는 연산의 폭정이 극에 달하자 중종반정을 사전
인지하고도 묵인했다. 그러나 본인은 연산과의 의리를 지키기 위해
반정에 참여하기를 거부했고, 이 때문에 결국 반정군에 처형당한다.
연산의 처남으로서 생과 사의 갈림길에 섰던 그의 심정을 연기했던
기억을 시로 표현했다.

연산의 곁에서,
핏빛 권력의 그림자 속
나는 한 조각 의리를 품었다
왕의 처남이라 불리며,
아니, 인간으로서의 나를 묻고

폭정의 물결이 높아지고
반정의 불길이 치솟을 때
나는 알았다.

생의 갈림길 앞에 선 나를
그러나, 마음은 하나였다

의리를 저버리면
내가 누구란 말인가?
나의 피, 나의 숨결은
왕의 곁에서 흘러왔거늘
내게 허락된 운명 또한
그 곁에서 사라질지니

칼날이 내 목을 겨누어도
내 마음은 후회 없으리라
왕을 위해 선택한 침묵
그 침묵 속에 새겨진
나의 마지막 의리

그러나 배우로서
신수근의 목소리를 빌린 나는
또 다른 감정을 품는다
왜 그는 다른 길을 보지 못했는가

왜 그는 의리와 생을 함께 택하지 못했는가

연기의 틈새에서
나는 그의 선택을 품는다
그의 고뇌는 내 것이 되어
칼날 앞에 서는 순간
나는 그와 하나가 된다

배우의 마음을 담아
신수근의 영혼을 불러낸다

권력의 철퇴, 유수의 그림자

KBS 대하사극 〈한명회〉의 유수 역. 그는 세조를 왕위에 등극시킨
일등 공신이었다. 단종 폐위를 공모했고, 김종서를 철퇴로 쳐 죽였다.
권력의 추를 따라 움직일 수밖에 없었던 유수. 당시 그를 연기했던
배우로서 역사 속 인물인 유수의 마음과 잠시나마 유수가 되었던
나의 마음을 시로 표현해 보았다.

나는 칼이자 철퇴였다
세조를 왕좌에 올리기 위해
권력의 추를 쥔 손이
나를 움직였다
김종서의 붉은 피가
내 철퇴를 적실 때
그 무게는 왕의 명령이라 불리었다

단종의 눈물은 내 심장에 닿지 않았다

나는 감히 묻지 않았다
의리는 무엇이며,
내가 속한 대의는 어디에 있는가
내 세계는 오직
승자와 패자뿐이었으니

그러나, 밤이 깊어질수록
철퇴를 쥔 손이 떨린다
김종서의 마지막 눈빛이
단종의 어린 울음이
꿈속에서 칼날이 되어 나를 찌른다
나는 충신인가,
아니면 단지 왕좌의 하수인인가

배우로서 나는
유수의 무거운 철퇴를 들었다
그의 냉혹한 얼굴 아래
숨겨진 고뇌와 비겁함을 찾으며
그를 살려 내야 했다
김종서를 내려치던 순간

나는 그의 몸이 아닌

그의 마음을 때리는 듯했다

유수의 심정을 입은 배우로서

나는 한 인간의 복잡함을 이해하려 했다

그는 권력을 위해 살았으나

자신을 지키지 못했다

그 철퇴는 타인을 죽였지만

결국 자신을 짓눌렀다

무대 위에서, 나는 유수의 추락을

그리고 그의 이름을 불렀다

그의 선택은 비난받아 마땅하지만

그 안에 담긴 두려움과 욕망은

곧 우리의 것이기도 하다

그렇게, 유수의 그림자는

오늘도 내 연기를 통해

역사의 무대에 다시 선다

이춘부의 길

MBC 대하사극 〈신돈〉의 이춘부 역. 고려 후기 도첨의 시중이었던 이춘부는 신돈 집권기에 지지 세력으로 활동했으나 신돈이 실각하면서 함께 무너졌다. "신돈에게 아첨하고 왕의 비위를 힘써 맞추고 있다"라는 세간의 비난을 들으며 절정의 권세를 누리다가 신돈이 주살된 후 곧바로 처형되었다. 권력의 정점과 비참한 말로 사이를 오간 이춘부 일생을 시로 표현해 보았다.

어둠이 깔린 궁궐,
나는 왕의 곁에 서서
칼날 같은 역사를 읽는다
홍건족의 깃발 아래
고려의 숨결이 흔들릴 때
내 손엔 칼이 아닌
충성의 맹세만이 남았다

전쟁터의 피비린내 속에서

나는 고려의 이름을 지켰다
왕을 호위하며
흙과 피로 덮인 내 발자국은
나라의 숨결을 새겼다

그러나 평화의 틈 사이로
정치는 또 다른 전쟁이었다
신돈의 그림자 아래
나의 이름은 지지로 새겨지고
그의 손길 속에서
권력의 향기가 불길처럼 터졌다

하지만 권력은 늘 짧고
불꽃은 결국 재로 스러진다
신돈이 몰락할 때
나의 이름도 함께 스러진다
칼이 목을 겨눌 때
나는 차갑게 말한다
"내 생은 고려의 것이었노라"

눈물 한줄기조차 허락되지 않는

이춘부의 마지막

그러나 내 영혼은 여전히

고려의 하늘 아래 머문다

시대는 날 버렸지만

나는 시대를 품었다

검은 깃발 아래서

KBS 대하사극 〈무인시대〉의 전존걸 장군 역. 장군은 이의민의
아들 이지순이 반란군과 내통하는 사실을 알고도 처벌할 수 없는
상황에서 극심한 갈등을 겪는다. 부하들의 목숨을 지켜야 할 책임과
무인으로서의 자존심 사이에서 고뇌하던 그는 결국 이지순을 불러내
"자네 부친이 거병할지라도 자네는 고려 무인의 자존심을 지켜
주게"라는 유언을 남기고 음독자살한다. 인간으로서 무인으로서
갈등하던 당시 장군의 애틋한 심정을 시로 표현해 보았다.

나는 장군이었고,
검을 쥔 손은 흔들리지 않았다
그러나 마음은 언제나
검날 위를 걷고 있었네
전쟁터의 함성 속에서
나는 늘 두려웠다

적의 칼이 아닌

내 안의 인간됨이 꺾일까 두려웠다

이의민의 아들,

그의 눈빛은 나를 찔렀다

군법이 명하길 죽이라 했으나,

내 안의 인간이 울부짖으며

칼끝을 떨리게 했다

"살려야 하는가, 죽여야 하는가?"

법과 양심의 틈에서

나는 이미 패배했으니

반란군을 평정할 때마다

피로 물든 내 검은

명예가 아닌 비명을 담았고

그 속에서 나는

누구보다 연약한 인간임을 깨달았네

강하다는 말 뒤에 감춰진

나약함의 무게는

왕좌보다 무겁고,

칼보다 날카로웠다
마침내, 나는 스스로를 향해
검을 들었다

적을 향한 칼날은 흔들리지 않았지만
나 자신을 겨눈 그 칼은
더없이 고통스러웠네
나는 패배한 장군이었고
패배한 인간이었다

전존걸이라 불렸던 이름은 강철 같았으나
속은 모래처럼 무너졌네
권력 앞에,
그리곤 내 안의 번민 앞에
나는 결국 스러져 갔으니
그것이 결국 내 최후의 선택이었으리라

이제는 바람이 되어
전장을 떠돌리라
내가 남긴 것은

검이 아닌,

내면의 상처와 갈라진 길의 흔적뿐

전쟁의 끝에서 나는 말하노라

KBS 대하사극 〈광개토대왕〉에서 맡았던 역할 여소이는 지금의
국방부 장관에 해당하는 대당주이다. 당대 고구려의 국상으로서
권력의 정점에 있던 개연수가 난을 일으키자 여소이는 이에
합류하여 개연수의 적대 세력을 제압한다. 그 후 광개토대왕의 오랜
전쟁으로 백성들이 도탄에 빠지자 대왕에게 전쟁을 중지해 줄 것을
강력히 요청하다가 처형된다.

거친 바람이 전장을 스치고
붉은 피가 들판을 물들일 때
나는 서 있었다
칼이 아닌 말로, 나라를 지키려,
방패가 아닌 마음으로 백성을 감싸려

대왕이시여,
당신의 칼끝이 강을 건너고
당신의 군대가 산을 넘을 때

우리의 들판은 메말라 가고
아이들의 웃음은 울음이 되었나이다

승리는 무엇을 가져오는가?
새 땅인가, 아니면 또 다른 적인가?
그러나 나는 보았노라
빈 곳간과 어미의 통곡을
전장을 떠난 이들의 묘비를

대왕이시여,
내 입을 닫게 할 수는 있어도
내 마음의 진실을 지울 수는 없으리
나는 백성을 위한 길을 택했으나
그 길 끝엔 당신의 칼이 서 있구나!

대왕이시여,
이 목숨을 거두시옵소서
하나 내 말은 강물처럼 흘러
세월을 넘어
백성들의 가슴 속에 남으리라

그리하여 먼 훗날,

누군가는 기억하리

칼과 전쟁이 아닌

사랑과 평화로 지키는 나라를 꿈꾸던

한 사람의 외침을…

억겁의 원망 속에서 임사홍의 그림자를 입다

SBS 대하사극 〈왕과 나〉 임사홍 역. 연산의 채홍사로서 그는
연산군을 막장으로 이끈 간신배였다. 중종반정 때 반정군에
포위되어 철퇴를 맞고 끔살당했다. 권력과 생존 사이에서 번민했던,
임사홍 역을 연기한 배우의 심정을 시로 표현했다.

나는 임사홍이 되어 섰다
채홍사의 칙명을 품고
백성들의 집 앞에 섰던 그 발걸음
문을 열 때마다
울음과 분노가 내 얼굴에 내리쳤다

'누군가의 딸이다, 누군가의 누이다'
그 절규가 내 귀를 찢었으나
나는 모른 척 등을 돌렸네
생존을 위해, 권력 곁에서 살아남기 위해

내 손은 죄의 흔적으로 물들어 갔다

왕의 웃음소리는 권력의 가면이었고
백성들의 원망은 나를 칼로 베었다
나는 알았다
이 길 끝에는 구원이 없음을
철퇴와 침묵만이 남을 뿐임을

그러나 나는 멈출 수 없었네
비난과 수치의 무게가 나를 짓눌렀으나
권력의 온기만이 내 생명을 붙들었다
나는 살아야 했다
죽음이 아닌 삶을 택했으나
그 삶은 죽음보다 잔인했네

배우로서 나는 임사홍의 발걸음을 밟았다
백성들의 분노를 내 얼굴에 얹고
무릎 꿇은 생존본능을 가슴에 새겼다
그가 겪은 고뇌와 두려움이
내 영혼을 짓눌렀다

나는 그가 되고 싶지 않았다

그의 비열함과 비겁함 속에서도

한 인간의 두려움과 고통을 보았다

그의 죄는 부정할 수 없지만

그 역시 권력의 칼날에 떠밀린

하찮은 존재였을 뿐이다

채홍사로 집을 떠나는 그의 발걸음은

무겁고 아팠으리라

백성들의 원망이 칼처럼 내리쳐도

그는 그것을 짊어지고 갔으리라

철퇴 앞에서 그는 무엇을 느꼈을까

죽음이 두려웠을까

아니면, 이미 모든 걸 잃은 공허함이었을까

무대 위에서 임사홍의 마지막 순간을 연기하며

나는 그의 죄와 인간됨의 경계를 느꼈다

그의 비겁함은 그 시대의 그림자였고

그 그림자를 걷는 내 발걸음도

무겁고 아팠다

나는 묻는다

역사가 원망하는 간신의 이름 뒤에

얼마나 많은 두려움과 고뇌가 있었을까

무대는 닫혔으나

나는 여전히 그 원망의 그림자를 입고 서 있다

무너진 백제의 별

KBS 대하사극 〈대왕의 꿈〉 중 흥수 역. 그는 삼국시대 백제의 의자왕
때 좌평을 역임했던 관리이다. 의자왕의 음란을 비판했다가 현
전라도 장흥으로 유배되었다. 660년(의자왕 20) 당나라와 신라의
연합군이 백제를 치려 하자 왕은 대응 전략을 결정하지 못해
흥수에게 의견을 구했다. 흥수는 당군이 백강(지금의 백마강)을
건너지 못하게 해야 하며, 김유신이 이끄는 신라 정예군은 탄현을
통과하게 두면 안 된다고 주장했지만, 다른 신하들은 그 말을 믿지
않았고 의자왕 역시 그 의견을 거절한다. 그 후 백제는 멸망했다.
흥수는 성충, 계백과 함께 백제의 '3충신'으로 불린다. 이 시는 내가
연기했던 흥수의 백제 사랑을 표현한 것이다.

나는 흥수가 되어 섰다
백제의 흙냄새를 가슴에 품고
왕 앞에 무릎 꿇어
마지막 충언을 바쳤다

"백강의 물결을 막으시고, 탄현의 길을 닫으소서!"
내 목소리는 바람처럼 흩어지고
의자의 고개는 무겁게 떨궈졌다
그 침묵은 백제의 운명이었다

유배지 장흥의 고독한 밤
내 숨은 들판의 풀잎처럼 떨렸으나
내 마음에는 오직 백제만 남아 있었다
의자의 허물과 음란이
나라의 뿌리를 썩게 하였으니
나의 외침은 메마른 나무의
비가 되어 닿지 못했구나

성충과 계백의 이름과 함께
나는 백제의 3충신이라 불리지만
그 이름이 어찌 내 마음을 채우리
내가 품었던 백제는 이미
무너진 별이었으니

흐르는 백강에 비친 백제의 모습은

갈라진 꿈의 조각이었고
탄현을 넘어오는 신라군들의 발걸음은
백제의 마지막 숨소리였네

나는 배우로서 흥수의 옷을 걸치며
그 비통한 운명을 다시 살았다
충언했음에도 무너져 가는 나라를 본 그의 고뇌가
내 심장을 짓눌렀다
내 목소리는 무대 위에서 흥수의 외침이 되었고
내 눈물은 그의 한숨이 되었네
그러나 내가 걷는 길 끝에서도
백제는 다시 일어서지 않았다

나는 묻는다
흐르는 백강은 무엇을 기억할까
탄현의 바람은 무엇을 전할까
흔적 없는 충신의 외침이
천년을 넘어 들릴 수 있을까?

무대는 끝났으나

나는 여전히 홍수로 남아

백제의 잔해 위에 서 있다

외길의 밤

KBS 대하사극 〈태조 왕건〉에서 고려의 배현경 장군(배우 신동훈)과
후백제의 신덕 장군(배우 임병기)이 밤새 결투를 벌였던 유명한
신이었다. 각각 고려와 후백제를 대표했던 두 장군은 전쟁 중 어느
외길에서 단둘이 만나 처절한 접전을 치르지만 끝내 승부를 내지
못한다. 그야말로 승패 없는 밤을 보낸 것이다. 두 장군은 훗날을
기약하며 서로 웃으며 헤어졌는데, 이 신이 기억에 오래 남는다. 당시
밤새 고생하며 찍었던 두 장군의 심정을 시로 표현해 보았다.

칼끝에 새겨진 운명
네가 나를 막고
나는 너를 넘으려 했네
검은 하늘엔 별조차 숨고
피비린내가 밤을 적시던 그 길
너는 말했지
"고려의 이름을 걸고 나는 싸운다"
나도 대답했네

"조국의 땅은 내 피로 지킬 것이다"

우리는 다르면서도 같았고,
다투면서도 이해했네
검과 검이 부딪칠 때마다
서로의 결의를 읽었고
함성과 숨결이 섞인 그 순간
적이 아니라 동지처럼 느껴졌네
한 발, 한 발 뒤로 물러서며
새벽빛이 고개를 들 때
우리는 알았지
승부는 우리의 것이 아니라는 걸
다만 이 길 위에 남는 것은
명예와 존중뿐임을…

"오늘은 여기까지"
네가 웃으며 칼을 거두었고
나 또한 고개를 끄덕이며
길을 비웠네
이 밤은 흘러가겠지만

우리의 만남은 기억될 것이다

다음엔 어디에서 마주할지
어떤 운명이 기다릴지 몰라도
그날 밤 우리의 검은
서로를 이해한 유일한 언어였네

외길이란 서로를 막는 듯했으나
그 끝엔 길이 하나로 이어지고 있었음을
우리는 어렴풋이 깨달았네
승리 없는 밤이었으나
결코 패배는 아니었던 그 순간

3부

전설이 된 배우

역사의 진실과

고통을 연기하는 배우는

역사 속의 그를 기억할 것이며

그의 굴욕도

빛나는 정신도

배우 스스로의 심장에

역사의 영혼으로

새겨질 것이다

태조의 그림자

1983년 KBS 대하사극 〈개국〉. 배우 임동진 씨는 이성계 역을 맡아
열연했다. 무인 출신의 혁명가로, 고려 말기 공민왕과 신돈 등
부패했던 세력들을 끊어 내고 새로운 세상을 만들고자 했던 이성계.
조선왕조 창업의 문을 열기까지 험난했던 역사의 배경과 시대를
연기한 배우 임동진. 드라마를 제작하던 당시의 그의 심정을 그려
보고 싶었다.

칼날 같은 바람이 몰아친다,
고려의 끝자락에서
무인의 피로 단련된 손
역사를 다시 쓰려 한다

신돈의 탐욕이 넘쳐흐르고
왕실은 바람에 흔들리는 갈대,
누군가 나서야 했다,
칼을 쥔 손이 운명을 가른다

위화도의 강물은 길을 묻고,
충성과 배신의 경계를 가른다
한 걸음, 다시 한 걸음,
이제 돌아설 수 없다

이방원의 검 끝에
정몽주의 피가 스며들고,
왕조의 운명이 거기서 바뀌었다
나의 조국이 사라지고,
나의 나라가 세워졌다

나는 태조의 그림자,
이성계를 연기하는 배우,
그의 영광을 짊어지고,
그의 고뇌를 삼킨다

검이 아닌 눈빛으로
한 시대를 다시 새기니,
혼란과 혁명의 한복판에서
나는 그가 된다

그러나, 그의 심장은 어땠을까?
새로운 세상을 꿈꾸었으나
칼끝에서 벗어나지 못한
한 사내의 숙명

나는 무대 위에서 태어나고
막이 내리면 사라지리라
그러나 이성계는 남으리라
한 왕조의 시작으로,
한 시대의 어둠으로

관심법 아래에서

KBS 대하사극 〈태조 왕건〉에서 궁예 역을 맡은 김영철. 〈동네 한 바퀴〉라는 프로그램에서 자상함을 보여 준 그는 카리스마 연기의 대표적 주자이다. 항상 중량감 있는 연기로 팬들로부터 사랑을 받아 왔지만, 〈태조 왕건〉의 궁예 역은 그 누구도 흉내 낼 수 없는, 김영철 배우만의 역할이었다. 〈태조 왕건〉 촬영 내내 열정적인 연기로 궁예 역을 소화해 낸 김영철 배우를 생각하며 시로 표현해 보았다.

하늘은 높고도 멀어
임금의 뜻은 알 수 없네
한낱 백성의 조그만 속삭임도
귀를 뚫고 마음에 닿으니
숨을 쉬는 것조차 죄가 되네

밭에 앉아 흙을 만지며
속으로나마 한탄했건만,
그마저 들켰다 말하면 어찌하리

아이의 울음소리도 눌러 삼키고,
집 안의 어둠 속에 숨죽인다

"내 마음을 읽었다!"
하는 소리가 천둥처럼 울릴 때면
집마다 문이 닫히고
마을엔 적막만이 감돌지
그러나 누구는 말하더라
법이란 고르게 내려
썩은 관리가 혼쭐이 났다고

하지만 우리 같은 백성에게는
그저 또 다른 겁의 이름일 뿐,
배고픔보다 무서운 건
임금의 눈에 띄는 것
삶의 평안은커녕
숨죽여 보내는 하루하루
궁예의 관심법이란
백성의 마음을 읽는다 하되
마음을 편히 두게 하진 않네

두려움의 구름 속에서

편안한 삶은 오지 않더라

통합의 길

KBS〈태조 왕건〉의 타이틀롤 왕건 역 최수종! 평소 고운 심성을
가진 배우다. 사극에서 이렇게 카리스마 있는 연기를 잘할 줄은
미처 예상하지 못했다. 촬영 내내 선후배를 가리지 않고 역할과
상관없이 깍듯이 예의를 갖추었던 품격 있는 배우다. 전쟁 신 등 힘든
촬영이 많이 있었으나 모두 훌륭히 소화해 사극 드라마 사상 최고의
시청률을 이끈 배우이다. 그의 노고와 역할에 대한 애정을 시로
표현해 보았다.

칼날 위에 서는 것만이
내 길이 아니었으니
피와 눈물로 젖은 땅에서
백성의 웃음을 찾고자 했다

수많은 고을, 수많은 호족,
그들의 딸을 아내로 삼으니
이는 사랑의 이름 아닌,

통합의 서약이었으리라

그 눈 속에 잠긴 슬픔이
내 마음을 저미었건만
나는 알고 있었네
이것이 아니면
우리는 하나가 될 수 없음을

전쟁터의 함성은
밤마다 내 꿈을 찢고
동지와 적의 숨결이
바람에 엉켜 사라졌다

무수한 피의 강을 건너
내 손에는 칼이 아닌
평화의 깃발을 쥐고자 했네
후고구려의 몰락도, 후백제의 흩어진 기치도
나의 영광이 아니었으니
그저 고통을 줄이고자 함이라
통합이란,

전쟁 없는 땅에서
백성의 밥과 웃음이 흐르는 강을
만드는 것이라 믿었거늘

이제 와 돌아보니
모진 바람 속에 수많은 이름은
내 곁을 떠났고,
그들이 남긴 눈물만이 내 가슴을 적시더라

태조라 불리는 이름이
나를 찬란하게 빛낸다 하여도
그 이름 뒤에 서린 어둠을
누가 알겠는가
나는 다만,
통합을 위해 자신을 깎고
세상을 어루만지려 했을 뿐

왕좌의 그림자

후백제 견훤 역을 맡은 배우 서인석! 항상 야무지고 깔끔한 연기를
구사하는 노련한 배우이다. 촬영 현장에서도 항상 동료들을
생각하고, 가슴으로 안아 주는 따뜻한 배우이다. 그는 주변을
사랑하는 만큼 술도 사랑했다. 그러나 일에 미치면 술도 잊을 만큼
매사에 열정적이다. 전쟁 신을 비롯해 말 위에서의 검술 등 힘든
촬영이 많았는데도 촬영에 임하는 그의 태도엔 변함이 없었다.
수많은 고통을 이겨 낸 그의 남다른 열정을 시로 표현했다.

내 칼날 끝에 새겨진 것은
영광이 아닌 핏빛 강물이었네
후백제의 깃발 아래
수많은 백성이 흩어졌고
그들의 고통은
내 꿈속에 매일 불길로 타올랐다

고려의 태조와 맞서며

124

나는 다짐했지
부서진 기둥이라도 다시 세우리라
내 땅, 내 백성의 울타리를
불 속에 지켜 내리라
그러나 그것은 단지
또 다른 칼끝의 전주곡이었을 뿐

내 손으로 세운 나라였건만
내 피로 이어진 핏줄이
칼날을 내게 겨누었네
믿고 기댄 아들의 눈빛은
더 이상 사랑이 아니었으니

왕좌란 결국
피로 물든 가시관이라
아, 권력이여
그대는 한낱 바람 같은 것
잡으려 하면 손가락 사이로 빠져나가고
놓아주려 하면
그대는 나를 무릎 꿇게 하네

나는 패배자가 되었고,
스스로의 피로 물든 이름은
바람에 날아 흩어졌네
그러나, 나는 묻노라
이 나라에 이름을 남기고
백성의 미래를 위해
무엇을 더 할 수 있었는가?

왕의 자리란
사라져도 흔적을 남기고
내 발자국은 아픔 속에서 자라나리라
견훤이라 불린 나의 이름이
비록 그림자가 되더라도
내 의지는 강물처럼 흘러갈지니

이방원을 연기하며

KBS 대하사극 〈용의 눈물〉에서 배우 유동근은 이방원을 연기하였다. 극 중 아버지를 도와 고려왕조를 지키려던 세력을 제거하고, 왕자의 난을 거치며, 실질적으로 조선왕조의 기틀을 세웠다. 파란만장한 이방원의 삶을 재연한 유동근 배우의 묵직하고 카리스마 넘치는 연기는 드라마 〈용의 눈물〉이 최고의 시청률을 기록하는 데 견인차 역할을 했다. 양면성을 지닌 복잡한 캐릭터를 무난하게 소화한 배우 유동근의 심경을 시로 표현했다.

칼끝의 무게가 어깨에 내려앉는다
빛바랜 갑옷 속, 나는 이방원이 된다
형제의 피가 손에 묻고
스승의 눈물이 심장을 꿰뚫는다
조선이란 이름의 거대한 깃발,
그 아래 나는 고뇌하는 배우로 선다
누군가는 말한다
'역사란 그런 것'

그러나 역사의 얼굴을 연기하는 이는
역사의 고통을 살아 낸다

정몽주의 시 한 구절이 귓가에 맴돌고
형제들의 목소리는 내 잠을 빼앗는다
대본 위의 대사는 피로 물들고
촬영장의 검은 바람은 차갑다
그러나 이방원은 끝내 웃는다
조선의 기틀 위에 홀로 서서
핏빛 왕좌를 품에 안는다
나는 그 웃음을 따라 한다
억지로, 마지못해

컷 소리가 울려도
칼끝은 여전히 내 손 안에 있다
무너진 대본을 접으며,
나는 문득 깨닫는다
배우는 이방원이 아니지만
이방원의 상처는 배우의 것이다
역사는 배우의 몸을 지나가며

새로운 생명으로 태어난다

그러나 그 순간,

내 안엔 이방원의 피가 흐른다

사극의 뒤편에서

사극 드라마의 제작은 특히 연출, 카메라, 조명을 비롯해 의상, 소품,
미용, 분장 등의 작업이 매우 힘들고 까다롭다. 각 분야 스태프들의
고달픈 제작과정을 시로 엮어 보았다.

바람이 불지 않는 세트장 한가운데
역사의 숨결을 불어넣는 사람들이 있다
카메라는 시간을 거슬러
빛나는 조명을 삼아
왕의 대사를 받아 적고
의상은 한 땀의 바느질로
조선의 격식을 꿰맨다

소품은 잊힌 시대의 흔적을 되살리고
분장은 얼굴 위에 살아 숨 쉬는
또 다른 인물을 빚어낸다

미용사의 손끝에서는
왕비의 비단머리가 탄생하고
음향팀은 말발굽 소리를
전란의 메아리로 만든다

조연은 나무 그늘에 서서
대본 속의 역사에 온 마음을 쏟고
주연은 카메라를 바라보며
한 시대의 혼을 품는다
그리고 카메라가 멎으면
스태프들은 달빛 아래에서
손때 묻은 도구들을
역사의 뒤편에 옮겨 놓고
조용히 숨을 고른다
그들의 애환은 비처럼 흐르고
그들의 땀방울은 별처럼 반짝인다

오늘도 사극은 그렇게
다른 세상의 이야기를
우리 앞에 선물처럼 펼쳐 놓는다

그림자 전사들

사극의 격렬한 전쟁 신에는 스턴트맨이 꼭 필요하다. 스턴트맨은
부상의 위험을 안고 사는 직업이다. 전투 신 중 낙마하는
장면이라든지 칼에 베여 굴러떨어지는 장면 등 무수한 위험이
따른다. 그들의 고달픈 실정을 시로 표현했다.

그들은 무대의 어둠 속에 산다
이름 없는 날갯짓으로,
역사의 칼끝을 대신 맞는 자들
낙마의 순간,
그들은 하늘로 던져지고
땅으로 내팽개쳐진다
그 바람 소리는 아픔의 오케스트라
"컷!"
짧은 한마디가 주는 건 고통이 아니라

오로지 카메라의 구도일 뿐

칼끝이 빛을 스치면

그들의 살은 기억한다

누군가의 전투 신

누군가의 영광 속에서

그들의 흔적은 흩어진다

땀이 피로 변하는 찰나에도

그들의 숨은 드러나지 않는다

마스크 뒤의 얼굴

보이지 않는 상처들

그들은 무대를 빛내는 대신

무대 아래로 사라진다

스포트라이트는 그들을 비추지 않고

박수는 영원히 닿지 않는다

그러나, 그들이 없으면 칼은 춤추지 않고

말은 날지 않는다

낙마의 순간,

그들은 왕이었고 장군이었으며

어쩌면 용이었다

눈을 감으면

그들의 날갯짓이 들린다

역사의 잔해 속에서

이름 없는 전사들이

하늘을 나는 소리

그들은 불평하지 않는다

스턴트는 기술이 아니라 삶이기에

그들의 부러진 뼈가

다시 이어지는 순간조차

그들은 다시 달린다

빛이 없는 무대 위에서

그림자 전사들은

영광을 대신 지고 산다

그들의 침묵은 강철이고

그들의 애환은 불꽃이다

이름 없는 이들이 남긴 발자국 위에

우리는 드라마를 세운다

그리고 잊는다

4부

배우, 무대 밖을 살다

동료 안형식의 죽음을 애도하며

TBC 동양방송 시절, 안형식은 한 기수 선배이긴 했어도 가장
절친하게 지냈던 동료였다. 여러 작품을 같이 작업했으나
〈광개토대왕〉 촬영 중 췌장암이 발병하여 촬영을 끝내지 못하고
유명을 달리했다. 그는 사후 홀로 남겨질 어린 아들을 걱정하며
장래를 부탁했다. 아들도 배우 지망생이었다. 애틋한 그의 마음을,
그를 보내야 했던 우리의 깊은 슬픔을 시로 적어 보았다.

전장의 흙먼지가 가라앉기도 전에
너는 나를 향해 웃음을 보였지
그 눈빛은 아직도 따스한데
한순간 그 미소가 영원히 사라졌어

촬영장이라 믿었지만,
그날의 너는 진짜 전사였구나
대본을 잡은 손이 아닌,
내 손을 꼭 잡고 남긴 마지막 말

"내 가족을 부탁해"

생의 불꽃이 꺼져가는 순간에도
너는 가족을 떠올렸지
자신을 잊어도 되는 사람처럼,
남은 삶을 모두 그들에게 맡긴 채

울음도 삼킬 수밖에 없었어
너의 마지막 의지를
가벼이 넘길 수 없으니
촬영장의 조명이 꺼지고
삶의 무대마저 내려온 그 자리에서
나는 약속했어

너의 목소리는 사라졌지만
그 울림은 여전히 남아 있어
네가 사랑한 사람들
네가 지키고 싶었던 모든 것
나의 남은 삶으로 대신 지키겠다고,

이제는 네가 없는 세상이지만
나는 네 그림자를 등에 지고 걸어갈게
너의 유언이 내 길이 되었으니
그 길 끝에서 우리는 다시 만날 테니까

그때까지
안녕이라 말하지 않을게
네 따스한 손길을 잊지 않을게
너의 가족,
내 가족처럼 사랑할게

사이렌의 울림

SBS 〈왕의 여자〉, KBS 대하사극 〈태조 왕건〉 촬영 중 낙마하는
사고가 있었다. 두개골 파열로 인한 극심한 고통, 인공관절 수술로
인한 7개월간의 목발 생활, 작품에 출연하지 못해서 겪었던 경제적
고초 등 배우 생활 중 가장 큰 어려움을 감내해야 했던 시기였다. 그
힘겨웠던 시간을 시로 표현해 보았다.

도심을 가르며 지나가는
구급차의 사이렌 소리가
지금도 가슴을 쥐어뜯는다
두 번의 낙마,
두 번의 구급차 신세

붉은 피가 흐르던 그 날
나는 배우였다

무대 위에서 환호를 받던 내가
그 순간에는
침묵 속에 누운 한 사람일 뿐이었다

어머니의 낮은 한숨
떨리는 딸의 손
아들의 가라앉은 눈동자
그 속에서도
사랑하는 사람들의 손길이 있어
나는 부서지지 않았다

목발 위에 다시 선 세상은
예전과 같지 않았다
걸음 하나, 숨결 하나에도
새로움을 느꼈다

무대가 아니어도
나는 삶을 연기해야만 했다
배우로서의 나,
아버지로서의 나,

그리고 어머니 자식으로서의 나

눈물은 감출 수 없는 진실이었다
혼자 삼키던 그 슬픔이
날 강하게 했다
살아야 한다는 다짐,
나를 바라보는 그들의 눈빛이
나를 일으켰다

이제,
사이렌 소리가 들릴 때마다
나는 멈춰서서 가만히 기도한다
그 속에 실린, 또 다른 나를 위해
그리고 그를 기다리는
수많은 가족을 위해

살아 있음이 고맙고
다시 무대 위에 설 수 있음이 고맙다
내 곁에 있는 당신들이 고맙다

이 모든 것이

아직 끝나지 않은

나의 이야기임을 믿는다

사랑하는 미소

배우도 생활인이다. 힘든 촬영 속에서도 가족을 그리워하는 건
어쩔 수 없다. 배우로서의 역할도 중요하지만 아버지로서의 역할도
소중하다. 밤샘 촬영이 끝난 새벽녘, 문득 사랑하는 아이들의 얼굴이
떠오른다. 그때의 심정을 시로 표현하였다.

새벽안개가 고요히 내려앉았다
적막 속에 묻혀 버린
치열한 전사들의 외침
역사 속을 헤매던 창칼의 검붉은 피는
꺼진 조명 아래 싸늘히 식어 가고 있다
산속에서 불어오는 왠지 따뜻한 바람이
배우들의 아픔을 날려 보낸다

대사도 동작도 산발한 여인의 머리카락처럼
뒤엉켜 있다

무거운 의상 곁에 덩그러니 흩어진 투구와 검

그리고 누운 풀꽃 위엔

살아온 날들의 추억도 고통도 함께 뒹굴고 있다

사랑하는 아이들의 웃는 모습이 안개 속에 묻어 있다

걷혀 오는 안개 뒤로

아름다운 미소들이 반짝이고 있다

역사 속의 배우

사극을 연기하는 배우로서 역사 속 인물의 고통과 상처를 내
아픔으로 가져와야 하는 재현의 고통도 있다. 역사의 진실과 허구의
구성 사이에서 고민하는 배우들의 아픔을 시로 표현했다.

가상의 화려한 꿈을 꾸는
현실의 배우
왜 배우로서만 그를 알고
그의 영혼을 연기했을까?
그의 피 묻은 생애를
또 고통을,
나의 현실로 옮겨 놓을 순 없었을까
역사와 역할의 틈새에서
나는 또 번민한다

역사의 전설 속에서

역사의 혼을 거쳐

역사의 육신으로

허구의 공간에서

새로운 생명으로 태어나길 기도한다

그리곤,

그들의 상처와 죽음마저 사랑하며

배우는 그들의 아픔까지

배우 스스로의 상처로 갖는 것이다

역사를 연기하는 현재의 공간에서도

조명 속 배우는

피 묻은 대본 속 역사를 필름으로 전한다

말 위에서, 생과 사의 경계

KBS 대하사극 〈태조 왕건〉 촬영 당시, 남한강 현장에서 달리던 말에서 떨어져 두개골 파열이라는 중상을 입었다. 당시 함께 촬영하던 배우 이광기가 자기 의상 일부를 찢어 머리에서 솟구치는 피를 지혈하였다. 그리곤 방송 진행차로 응급실로 향하였다. 당시 나는 죽음을 직감했다. 그때의 심정을 시로 표현해 보았다.

천둥 같은 말발굽이 땅을 울리고
칼 같은 바람이 얼굴을 스쳤지
그저 연기의 한 장면이라 믿었지만
내 몸은 허공으로 던져졌어

하늘과 땅이 뒤집히는 그 찰나,
나는 현실 속에서 추락하며
죽음의 문턱을 마주했지
머릿속은 혼란으로 뒤엉켰고,

내 의식은 고통과 두려움 속을 힘겹게 헤쳐 나갔어

그 순간,
나는 전쟁터의 배우가 아니라
죽음을 눈앞에 둔 나약한 인간이었다
내 숨소리는 바람 속에 희미하게 섞였고,
모든 것이 무너지는 듯했지

그러나 땅에 누운 나를 일으킨 건
흙먼지 속에서 속삭이는 작은 목소리였어
"여기서 멈출 수는 없다"
그 한마디가 나를 붙들었고,
나는 다시 생의 끈을 움켜쥐었지

그날 이후,
삶은 단순한 연기가 아니었어
추억의 고통조차
내 이야기의 한 장면이 되었고,
나는 비로소 깨달았지
살아 있다는 것이 얼마나 값진지,

사극의 무대는 가상이지만,
그날의 나에겐 현실이었어
삶과 죽음이 오가는 그 경계에서
나는 끝내 살아남았고
그 살아남은 생이
나에게 주어진 가장 큰 선물이었어

삶은 말 위의 춤과 같아서
언제나 균형을 잃을 수 있지만
다시 올라설 용기만 있다면
그 무대는 계속될 거야

그래,
다시 말 위에 오를 거야
추락이 내게 아로새긴 흔적은
사라지지 않겠지만
그 흔적마저 내 이야기가 될 테니까
사극 배우로서,
그리고 삶을 사랑하는 한 사람으로서

대하드라마의 부활을 고대하며

_ 대하사극의 부활을 염원하는 언론기고문

S#1

강을 끼고 있는 넓은 들판

수십 마리의 말들이 편대를 이루고, 그 뒤를 수천의

군사들이 함성을 지르며, 적을 향해 돌진한다.

카메라1이 산등성이에 올라 기마편대의 장군들을

그룹샷(Group shot)으로 찍고, 카메라2는 돌진하는

군사들을 follow하며, 카메라3은 하늘에서

헬리콥터로 전체의 움직임을 찍고 있다.

이 정도의 신을 하나 찍으려면 최소한 새벽 2~3시경부터 움직여야 한다. 연출을 비롯한 진행팀과 의상, 소품, 미용, 분장, 카메라, 조명, 음향 등을 준비해야 하기 때문이다. 그러고 나서 아침 7시경 슈팅에 들어가면 오후 2~3시경이 되어야 촬영이 일단락된다. 이런 상황이니 점심도 굶을 수밖에 없다.

대형 신을 찍다 보면, 연기자를 비롯해 스턴트맨, 무술연기자, 보조출연자 등 많은 사람이 부상을 당하기도 한다. 한마디로 사극(史劇)은 전쟁이다. 그러나 우리는 이런 전쟁터에서 서로 소통하고 사랑한다. 여러 선후배와 동료들은 역할의 크고 작음을 떠나 서로의 시선, 발성, 동작 약속 등 그날 찍을 부분에 대한 상호 연기 설정에 대하여 협의와 합의를 이루어 가며, 돈독한 우정을 쌓아 간다. 이것이 사극 드라마 제작 현장의 특색이자 우정의 현장이다. 그런데 요즘 대하드라마가 사라지고 있다. 물론 방송사들이 경영악화를 비롯한 여러 내적, 외부적 여건 때문에 제작을 꺼린다는 것을 잘 알고 있다. 그러나 유럽은 물론 가까운 일본만 하더라도 1963년 대하드라마 첫 방영 이후 한 번도 방송 중단 없이 수십 년을 이어 오고 있다.

역사는 현재의 거울이며, 스승이라고 하지 않았던가? 우리는 역사에서 많은 것을 배운다. 역사를 반면 거울삼아 오늘을 되짚고 내일을 계획하기도 한다. "역사를 잊은 민족에게는 미래가 없기" 때문이다. 대하드라마는, 특히 대하사극은 사각형 화면 안에서 극적으로 재탄생하는 역사다. 박제된 과거가 아니라 시공간을 뚫고 나와 살아 움직이며 오늘의 나에게 말을 거는 유기체다. 오래전 내 조상의 삶을, 그리움과 감동의 그 순간을 눈앞에서 보여 준다.

이런 귀한 경험을 제공하는 대하드라마를 전통으로 만들어가고 싶은 것은 우리 몇몇 배우나 연출가들만의 욕심은 아닐 것이다. 점점 사라지는 우리의 대하사극, 어떤 방법으로든 이 드라마 제작의 전통이 이어졌으면 좋겠다.

작가의 말

나 자신만의 속도로 묵묵히 걸어온 시간!

꿈처럼 스친 세월의 유탄들이 온몸에 자국만을 남겼습니다.

고난의 세월도, 즐거웠던 날도, 사랑받던 순간들도,

무심한 시간 속에 묻혀 어언 배우 생활 50여 년이 흘렀습니다.

90년대부터 붐을 이루었던 대하사극. 운이 좋았던지 공중파 3개 방송사에서 제작하는 모든 사극 드라마에 거의 빠지지 않고 출연하였습니다.

13년 연속으로 쉬지 않고 출연했던 기록도 있을 만큼, 바쁜 시간이었습니다. 자연 제작 현장에 머무는 시간이 많아지면서 스케치하고 기록하는 일들을 반복하였는데, 그것은 제 개인적 취향과 습관이기도 했습니다. 물론 다큐멘터리 제작도 아니고, 리포트도 아니었으나 스태프와 배우들의 애환을 어떤 행태로든 표현해 보고 싶었습니다.

빛나는 조명 아래 선 배우와 불빛 뒤에서 고생하는 스태프들의 모습을 그때그때 진솔하게 적어둔 것을 바탕으로 오랜 고민 끝에 시로 표현해 보았습니다.

수천 밤의 별빛 아래에서, 또 달빛 아래에서 역사 속을 헤집고 다닌 스태프, 배우 여러분의 뜨거운 열정에 깊은 감사의 말씀을 올립니다. 아울러 이 시집이 사극 제작에 참여했던 여러 스태프와 배우분들 모두가 공유하는 사랑과 추억의 장이 되었으면 좋겠습니다.

지금껏 살아오면서 인연을 맺은 사랑하는 모든 분께 이 시집을 통해 안부 인사를 전하며, 기꺼이 출판을 허락해 주신 들녘출판사의 이정원 대표에게도 감사를 전합니다. 또한 우연한 기회에 사극 드라마 제작 현장에서 경험한 애환을 시의 소재로 설정하여 표현해 볼 것을 적극적으로 권유해 주신 김태언 선생님께도 감사의 말씀을 올립니다.

고맙습니다.

배우 **임병기**

서울 종로구 권농동에서 태어났다. 서라벌예대 문예창작학과 재학 중 TBC 동양방송(현 JTBC) 제9기 공채 탤런트로 발탁되며 배우 생활을 시작했다. 이후 끊임없는 배우 수업의 길을 걸으며, 때로 전업을 고민할 만큼 깊은 번민의 시기도 지나왔다.

군 복무 후 KBS 드라마 〈돌〉(최경식 작, 김충길 연출)에서 주연으로 데뷔했고, 이어 〈전설의 고향-백일홍〉(임충 작, 최상식 연출), 〈정학준〉(최경식 작, 김충길 연출) 등에서 잇따라 주역을 맡으며 본격적으로 배우로서의 입지를 다졌다. 이후 수사극 〈형사〉의 임 형사 역, 〈지금 평양에선〉의 김평일 역 등을 맡으며 안정적인 활동을 이어갔다. 해외 제작 드라마 〈불타는 바다〉, 주말극 〈욕망의 바다〉 등을 거치며 꾸준히 활동하던 중, 대하사극의 제작 붐이 일면서 본격적인 사극 배우로 자리매김했다. KBS 대하사극 〈용의 눈물〉, 〈왕과 비〉, 〈태조 왕건〉 등 수많은 작품에 출연하며 '사극 전문 배우'라는 수식어를 얻었고, 역사적 인물을 표현하는 고통과 기쁨을 온몸으로 겪었다.

현장에서의 애환과 기억을 언젠가는 스스로 표현해 보고 싶다는 열망이 컸고, 마침내 그 감정들을 시의 형식으로 풀어 내게 되었다. 앞으로도 우리 민족의 발자취와 역사가 현재에 던지는 메시지를 깊이 되새기며, 백두산에서 가야의 강물까지 이어지는 이야기들이 진정한 드라마로 완성되기를 소망한다.

(사)한국농어촌사랑 방송예술인공동체 이사장

KBS탤런트회(극회) 회장 역임

(사)한국방송실연자권리협회 부이사장

(사)한국방송예술인 총연합회 이사

(사)한국방송연기자협회 이사 역임

(주)배우마당아카데미 원장

텔레비전 사극 드라마 출연작

《개국》 KBS (1983년) – 김득배 역

《삼국기》 KBS (1992년) – 당 태종 이세민 역

《한명회》 KBS (1994년) – 유수(수양대군의 심복) 역

《장녹수》 KBS (1995년) – 신수근 역

《서궁》 KBS (1995년) – 박승종 역

《용의 눈물》 KBS (1996년) – 박은 역

《왕과 비》 KBS (1998년) – 유자광 역

《태조 왕건》 KBS (2000년) – 신덕 역

《소설 목민심서》 KBS (2000년) – 홍낙안 역

《명성황후》 KBS (2001년) – 김병시 역

《제국의 아침》 KBS (2002년) – 최행귀 역

《태양인 이제마》 KBS (2002년) – 조진하 역

《무인시대》 KBS (2003년) – 전존걸 역

《왕의 여자》 SBS (2003년) – 조필두 역

《불멸의 이순신》 KBS (2004년) – 황윤길 역

《해신》 KBS (2004년) – 무진주 도독 역

《신돈》 MBC (2005년) – 이춘부 역

《대조영》 KBS 1TV (2006년) – 양소위 역

《연개소문》 SBS (2006년) – 이사마 역

《왕과 나》 SBS (2007년) – 임사홍 역

《천추태후》 KBS 2TV (2009년) – 한언공 역

《광개토태왕》 KBS 1TV (2011년) – 여소이 역

《마의》 MBC (2012년) – 알필륭(수보) 역

《대왕의 꿈》 KBS 1TV (2013년) – 흥수 역

《징비록》 KBS (2015년) – 김명원 역

《태종 이방원》 KBS1 (2021년) – 변안렬 역